Das Riechbüchschen

Ernst von Wildenbruch

copyright © 2023 Culturea éditions
Herausgeber: Culturea (34, Hérault)
Druck: BOD - In de Tarpen 42, Norderstedt (Deutschland)
Website: http://culturea.fr
Kontakt: infos@culturea.fr
ISBN:9791041939855
Veröffentlichungsdatum: FEBRUAR 2023
Layout und Design: https://reedsy.com/
Dieses Buch wurde mit der Schriftart Bauer Bodoni gesetzt.
Alle Rechte für alle Länder vorbehalten.
ER WIRT MIR GEBEN

Eine Geschichte aus alter märkischer Zeit

An einem Winterabende war es, als ich mich im Kreise einer befreundeten Familie befand. Der Abend war einer von jenen, an denen die Menschen sich aufgelegt fühlen, sich mit alten Geschichten zu unterhalten, und so kam es, daß meine Wirte aus dem Familienschranke ein Stück hervorholten, das auf sonderbare Weise in ihre Hände gelangt war und nun wie eine Art von Reliquie aufbewahrt wurde.

Es war ein kleines silbernes Gefäß von altertümlicher, aber geschmackvoller Arbeit, am oberen Knopfe mit einem Ringe versehen, der darauf hindeutete, daß es vorzeiten an dem Gürtel oder Täschchen einer Frau getragen sein mochte, von außen mit altmodischen, in das Silber eingegrabenen Bildchen geschmückt, die dem Ganzen ein phantastisches Aussehen gaben, das noch vermehrt ward durch einzelne, unregelmäßig darüber hinlaufende Risse, die offenbar nicht von der Hand des Künstlers herrührten.

Als ich am oberen Knopfe drehte, klappte das kleine Gefäß auf und ich sah, daß ich ein Büchschen vor mir hatte, wie man sie einst zur Aufbewahrung von Narden und duftigem Gewürzkraut verfertigte, ein sogenanntes Riechbüchschen.

Vor einigen Jahren war dasselbe tief im Walde zwischen Wrietzen und Freienwalde, bedeckt von Moos und Steinen, aufgefunden worden, niemand wußte, wie und durch wen es dahingekommen war.

Wie nun aber dies Stückchen alter Zeit in meinen Händen lag, war es mir, als stiege wieder ein süßer Duft aus dem Büchschen herauf, der mich in die Zeiten zurückversetzte, in denen die Menschen noch lebten und fühlten, die sich einst an seinem Dufte erquickt hatten, deren Leiden und Freuden es vielleicht, wie ein stummer Zeuge, begleitet hatte, und aus dem Schleier der Vergessenheit, den die Zeit, jene milde und doch zugleich grausame Macht, über alle Qualen und Freuden der vergangenen Geschlechter webt, traten diese Menschen mir lebendig entgegen, ließen mich noch einmal in ihre Herzen blicken, und so erfuhr ich von ihnen die Geschichte des alten Riechbüchschens.

Kurfürst Joachim der Erste, den man wegen seiner eifrigen Strenge auch Nestor benannte, war vor nicht langer Zeit gestorben und ihm war in der Mark sein Sohn Joachim der Zweite, den man wegen seiner jugendlich männlichen Herrlichkeit auch Hektor nannte, gefolgt.

Das Sprichwort, daß der Apfel nicht weit vom Stamme fällt, hatte sich bei diesen beiden Herren nicht bestätigt; denn war der Vater finster, zurückgezogen, kalt und abweisend gewesen, so war der Sohn leutselig, offen, freundlich und freigebig; war jener ein grimmig fanatischer Katholik, so war der Sohn der protestantischen Lehre zugeneigt, die er freilich zurzeit noch nicht umfaßt hatte, wie seine Mutter und sein schneller handelnder Bruder Hans von Küstrin.

War also für jetzt der Herr selbst auch noch Katholik, so wuchs doch an seinem Hofe von Tag zu Tag die Schar der Protestanten, denen kein Hindernis mehr im Wege stand, wie zu Lebzeiten des alten finstern Nestor, der noch auf dem Totenbette durch einen eisernen Schwur seine Söhne an den alten Glauben zu schmieden versucht hatte.

Es versteht sich aber, daß es aus der Zeit dieses Herrn auch noch eine beträchtliche Zahl alter Katholiken gab, die finster auf die neuen Dinge und voll Grimm auf das neue, junge Protestantengeschlecht sahen, das sie zu verdrängen begann, denn damals war der Glaube der Menschen der Inbegriff all ihres Gefühls und Seelenlebens, und Geister, die sich darin nicht fanden, die platzten eben, wie Herr Martinus sagte, aufeinander, und da die Menschen damals derb waren in ihrem Fühlen und Tun, so gab es dann leicht Beulen, vielleicht auch tiefe Wunden.

Der prachtliebende Kurfürst Joachim hatte soeben in der Gegend von Freienwalde ein glänzendes mehrtägiges Jagdfest gegeben.

Es war am letzten Tage desselben, als zwei junge Ritter des Hofes, halb ermüdet von der eben vollendeten Jagd, nebeneinander her durch den Wald geritten kamen. Der eine von ihnen war ein junger Graf Schelia, der vor kurzem erst aus Franken an den brandenburgischen Hof gekommen war und dessen mißmutigem Gesichte man es ansah, daß er über den märkischen Heiden noch wenig sein schönes Heimatsland vergessen hatte. An einer Stelle, wo eine Quelle murmelnd aus dem Dickicht hervorrann, hielten die beiden Reiter an und stiegen ab; sie führten ihre Pferde an das klare Wasser, daß sie ihren Durst löschten, banden sie an einen Baum in der Nähe und lagerten sich dann selbst in das weiche Moos, indem sie die Augen träumerisch durch die Baumwipfel emporschweifen ließen. Im Augenblicke aber, als Schelia den Kopf niederlegen wollte, fühlte er sich durch einen Gegenstand, den er für einen Stein halten mußte, unsanft berührt.

Er griff mit der Hand danach, ihn fortzuräumen, rief aber im nämlichen Augenblicke: »Was habe ich denn da?« und hielt einen silberglänzenden Gegenstand empor. »Sieh nur her,« rief er dem Begleiter zu, der langsam den Kopf zu ihm herumdrehte, und nun zeigte er ihm ein zierlich gearbeitetes silbernes Büchschen, dessen Oberfläche seltsam mit eingegrabenen Zeichen und Figuren verziert war. Der Freund nahm es ihm aus der Hand, und indem er es stillschweigend beobachtete, drehte er halb zufällig an dem oberen Knopfe des Büchschens, worauf dieses plötzlich aufklappte und einen berauschenden Duft von sich gab, der von mehreren Stückchen Riechkrautes, die in dem Gefäß enthalten waren, ausströmte.

»Meiner Seele,« rief Schelia, »das ist ein Stück von einem Damengürtel! Wie kommt das in diese Wildnis?« Und während noch beide ihre Gedanken über den seltsamen Fund austauschten, erschien am Ende des Waldweges die Gestalt eines alten Mannes, dessen Kleidung ihn als Diener eines vornehmen Herrn verriet und der, sein Pferd am Zügel führend, die Blicke auf den Boden geheftet, dahinging, gerade so, als wenn er mit aller Emsigkeit nach etwas Verlorenem suchte. Als er die beiden Ritter und das silberne Büchschen in ihrer Hand gewahrte, ward er aufmerksam, trat näher und sagte zu dem Grafen Schelia, der eben wieder kopfschüttelnd dasselbe betrachtete:

»Mit Verlaub, gnädiger Herr, laßt mich sehen, was Ihr da habt;« und als jener es ihm mit ausgestrecktem Arme vor die Augen hielt, ohne daß er die Hand davon gelassen hätte, rief er ganz erfreut: »Wirklich, es ist's, bitte, gebt nur das Büchschen, Herr; ich weiß, wem es gehört!«

»Ho, alter Fuchs!« erwiderte Schelia lachend, »die Trauben sollen Euch sauer bleiben, bis Ihr uns hübsch berichtet, wer der oder wer die ist, der dies Büchschen gehört und die es hier an unwirtlicher Stelle verlor.«

Der Alte schwieg, und man sah es seinem mürrischen Gesichte an, wie ungelegen ihm die Frage kam; er sah die beiden Ritter nacheinander an; Schelias Begleiter schien ihm weniger fremd, als dieser, er näherte sich demselben, während sein Mund und sein Gesicht so zuckten, daß man es ihm anmerkte, welch ein Kampf in ihm vorging, ob er reden solle oder nicht.

Der Begleiter Schelias, dem das nicht entging, machte ihm Mut, zu reden, und hielt ihm, da er sah, daß der Alte leise sein wollte, das Ohr hin, in welches dieser nun einige für Schelia unverständliche Worte hineinflüsterte. Während er aber sprach, nahmen die Züge des Freundes den Ausdruck überraschten Erstaunens an, und als der Alte wieder zurücktrat, sagte er zu Schelia: »Ei, Freund, hier bietet sich dir ein Abenteuer so seltsamer und vielleicht so bedenklicher Art, daß ich nicht weiß, ob ich dir nicht raten soll, dem Alten das Büchschen zurückzugeben und nicht weiter danach zu fragen.«

»Nun, das nenn' ich einen ritterlichen Rat!« rief Schelia mit spöttischem Gelächter; »nenne mir wenigstens das furchtbare Abenteuer, das dich so in Schrecken versetzt, daß du dem Schelia davon abzuraten wagen darfst!«

Der andere zuckte bei dieser Prahlerei halb ärgerlich die Achseln, aber weil er älter und vernünftiger war und überlegte, daß jugendlicher Mut sich beinahe immer etwas prahlerisch äußert, auch wenn es echter Mut ist, so überhörte er es und begann so:

»Dies Büchschen gehört also wirklich, wie wir vermuteten, einer Dame, und zwar einer jungen und schönen.«

»Ei!« fiel ihm Schelia ein.

»Ja, ei,« versetzte der andere, »höre nur erst zu Ende: Diese Dame ist aber niemand anders, als die Tochter des alten, als halbtoll bekannten Herrn von Sparr, des Jägermeisters weiland Kurfürsten Joachims des Ersten, genannt Nestor.«

»Nun, und weiter?« fragte Schelia, als sein Freund schwieg und ihn prüfend ansah.

»Hast du denn nie von dem alten Sparr gehört?« fragte dieser, »von dem, den man allgemein nur den tollen, närrischen Sparr nennt?«

»Nein, nie,« versetzte Schelia; »was sollten wir im schönen Franken wohl viel nach euren märkischen Maulwürfen fragen?«

»Besagter Herr von Sparr,« fuhr der andere fort, »ist nämlich bekannt als der größte Menschenhasser, den je die Erde trug; und war er es schon zu weiland Nestors Zeit, so ist er nun zu Hektors Zeit zum völligen Menschenfresser geworden. Das einzige Wesen, an dem er das Bedürfnis, zu lieben, befriedigt, ist seine Tochter, eben die Besitzerin dieses

Büchschens. Ganz nah von hier, bei Lichterfelde, hat der alte Murrkopf sich und seiner Tochter ein Schlößchen gebaut, das nur er und sie und ein alter Graubart bewohnen dürfen —«

»Welch letzteren,« rief Schelia, »wir hier leibhaftig vor uns sehen?«

»Freilich,« entgegnete der Freund; »nun soll es aber nicht nur schwer, sondern geradezu mit Leibes-und Lebensgefahr verbunden sein für jeden, der es unternimmt, die Behausung des alten Sparr zu betreten.« »Darum, Freund Schelia, rate ich dir,« fiel dieser spottend ein, »dein teures Leben nicht in so große Gefahr zu begeben —«

»Der Herr hat recht,« sagte der Alte mit rauhem Tone; »darum bitte ich noch einmal, gebt mir das Büchschen zurück und laßt mich gehen.«

»Nun und nimmer!« rief Schelia; »ich selbst will nicht ruhen, bis ich das Kleinod dem Fräulein von Sparr in die zierlichen Hände gedrückt habe. Geht nur heim, Alter, ich bin vielleicht früher zur Stelle, als Ihr selbst.«

Der Alte stand noch einen Augenblick unschlüssig, dann wandte er sich kurz um und sagte mit zornigem Tone: »Daß Ihr es nicht einmal bereuen mögt!« Er bestieg sein Pferd und ritt eilend in der Richtung zurück, in der er gekommen war.

»Also willst du dennoch?« fragte der Begleiter den Grafen Schelia, als der Alte sich entfernt hatte.

»Ei,« entgegnete dieser, »du hast auch gerade den rechten Weg eingeschlagen, um mich von meinem Abenteuer abzubringen! Bei allen Heiligen, die im Kalender der Papisten stehen, ich will hin zu der schönen Sparr und ihr ins Gesichtchen sehen und ihr das Büchschen in die Hand drücken! Mag doch der Alte ein Werwolf sein, der alle Nächte den Mond anheult, das soll mich nicht abhalten! Die Töchter bärbeißiger Alten sind oft die allerschönsten! Jawohl, wir haben Erfahrung!«

Darauf banden beide ihre Pferde los, und während Schelias Begleiter zum Hofe des Kurfürsten zurückkehrte, machte jener sich auf den Weg nach des alten Sparrs Hause. Ein breiter Graben trennte die Behausung des alten Menschenfeindes von der übrigen Welt;

hinter dem Graben befand sich die hohe steinerne Mauer des Gartens, die auch dem begehrlichsten Auge den Einblick verwehrte.

An der Zugbrücke, die den einzigen Zugang zum Gartentor bildete, scharrte des Grafen Schelia Pferd; er stieg ab und zog an einem Glockendraht, der zur Seite herabhing. Von dem laut und dumpf erschallenden Ton der Glocke gerufen, näherten sich von innen Schritte der Pforte und jener Alte aus dem Walde öffnete ihm schweigend das Tor.

Schelia wollte ihn halb zutraulich begrüßen, aber der Alte verbeugte sich stumm und kalt und sah ihn mit einem so gleichgültig fremden Gesicht an, als sähe er ihn zum erstenmal in seinem Leben.

»Nun?« rief Schelia, »ist das gnädige Fräulein zu sprechen?«

Der Alte zuckte schweigend die Achseln.

»Ei, du alter Murrkopf,« sagte Schelia lachend, »so werde ich sie mir selber suchen müssen.« Und damit wollte er dem Alten die Zügel des Pferdes zuwerfen; dieser aber, sich bei jedem Wort mit einer beinah höhnischen Höflichkeit verneigend, sagte:

»In des gnädigen Herrn von Sparr Stall darf kein fremdes Pferd untergestellt werden.«

»So nimm's und führe es herum, bis ich zurückkomme,« rief ihm Schelia donnernd zu.

Der Alte nahm auch wirklich sogleich die Zügel über den Arm und führte das Pferd in den Garten hinein, hinter Schelia her, der nun mit erhobenem Haupte in die langen, von hohen Baumwänden beschatteten Gänge des Gartens eintrat. Er war noch nicht weit gegangen, als es ihm schien, als sähe er hinter einer Hecke einen Kopf erscheinen, der zu ihm herüberblickte und ebenso schnell wieder verschwand.

Mit schneller Berechnung schlug er sich in den Gang, der zur Seite abbog, und nach wenigen Schritten schon sah er in einem auf diesen einmündenden dunkelschattigen Wege die schlanke Gestalt eines Mädchens in dunkler Kleidung, die bei seinem Anblick wie festgebannt am Boden stehen blieb und ihn, starr die Augen auf ihn gerichtet, näherkommen ließ.

Ein Blick auf diese Erscheinung genügte, um ihn nicht länger zweifeln zu lassen, daß er vor der Tochter des seltsamen Hauses, vor dem edlen Fräulein von Sparr, stand. Er lüftete das Barett und trat mit seinem Gruß näher, während sie regungslos stehen blieb und die großen Augen wie in sprachlosem Staunen auf ihm ruhen ließ, ohne im geringsten seinen Gruß zu erwidern. Schelia, der unter diesem wunderbaren Blick seine Sicherheit beinahe schwinden fühlte, zog nun sogleich das Büchschen hervor und indem er es überreichte, sagte er:

»Wollet mir den Schreck verzeihen, den Euch offenbar mein plötzliches Eindringen verursacht; hier dies Büchschen, das Ihr draußen im Wald verloren und das ich wiederfand, möge Euch alles erklären.«

Sie nahm das Büchschen entgegen, während ihre Augen noch immer auf ihm ruhten; dann sagte sie, indem sie wie ein Kind lächelte: »Woher wußtet Ihr denn aber, daß es gerade mir gehörte?«

»Euer alter Diener verriet es mir,« versetzte Schelia.

»Der hat es Euch gesagt?« rief sie mit heller Stimme.

»Gern freilich tat er es nicht,« antwortete Schelia, »auch sah er das Büchschen unwillig in meinen Händen.«

»Das will ich wohl glauben!« sagte sie wieder mit jenem kindlich unschuldigen Lachen; »aber wisset Ihr denn auch, wo Ihr seid?« fuhr sie, plötzlich ganz ernst werdend und im Ton des Schreckens fort.

»Im Hause des Herrn von Sparr, wie ich denke,« versetzte Schelia lächelnd.

»Freilich doch,« rief sie; »aber um des Himmels willen, wenn mein Vater käme und Euch hier fände!«

Schelia mußte unwillkürlich lachen, denn es klang, als wäre das Mädchen eine verzauberte, unter dem Banne eines bösen Zauberers stehende Prinzessin, als sie von ihrem Vater sprach; aber der Blick ihrer Augen bei diesen Worten war so angstvoll, daß ihm selbst ganz ernst zumute ward.

»Geht, mein Herr,« sagte sie flehend, »bitte, geht, daß er Euch ja nicht hier finde!« Und dabei schlug sie, an seiner Seite hingehend, den Weg nach der Gartenpforte ein und Schelia sah den Augenblick nahe, wo sein Abenteuer ein allzu schnelles Ende erreicht haben würde. »Ach,« sagte sie, während sie gingen, »nun habe ich Euch aber in meiner Angst gar nicht einmal gedankt, daß Ihr mir das Büchschen wiedergebracht habt; nun, ich danke Euch recht von Herzen dafür, es liegt mir viel daran.« Dabei reichte sie ihm die Hand, wie eine Schwester dem Bruder, und Schelia konnte nichts anderes, als sie ihr treuherzig wieder zu schütteln, denn ein unnennbares Gefühl sagte ihm, daß es nicht angebracht gewesen wäre, höfische Sitte zu zeigen und die dargebotene Hand zu küssen. Das Mädchen blieb plötzlich stehen und sagte: »Wie heißt denn der Herr eigentlich?«

Schelia nannte ihr seinen Namen.

»So seid Ihr auch gewiß vom Hofe?« fuhr sie fort.

»Ja,« sagte Schelia, »aber ich bin vor kurzem erst hierhergekommen, aus Franken her, wo meine Heimat ist.«

»So weit kommt Ihr her?« rief sie, indem sie die Hände zusammenschlug. »Ei, da ist es wohl schöner in Eurer Heimat, als bei uns? Nicht wahr?«

Schelia erzählte ihr nun von seiner schönen Heimat, und unvermerkt, wie er die strahlenden Augen des Mädchens sah, die mit unschuldiger Neugier auf ihn, den weitgereisten Mann, blickten, tauchten ihm die alten Stätten, wo er in der Sonne der Mutterliebe aufgewachsen war, lebendiger als je zuvor in seiner Seele auf, daß er davon erzählte, so schön und blühend, wie nie zuvor. »Ach, mein Gott,« sagte das Mädchen, als er innehielt, »wie schön muß das sein, einmal so in die weite Welt hinaussehen zu können! Wie wundervoll muß sie sein; denn seht. Euer Land muß ja schon herrlich und lieblich sein, und doch hörte ich immer, daß, je weiter man nach Süden zu kommt, die Erde immer schöner und schöner wird. Glaubt Ihr das auch wohl?«

»Das ist gewißlich wahr,« sagte Schelia, der sich zum erstenmal in seinem Leben als Lehrmeister empfand und ganz ernsthaft in seiner neuen Würde fühlte. »Aber Ihr, mein Fräulein, seid wohl noch nicht weit hinaus gewesen in der Welt?«

»Ich?« sagte sie lachend; »ach, mich läßt der Vater ja nicht über den Garten hinaus; kaum, daß ich einmal mit ihm ein wenig spazieren reiten darf.«

»O, wie dauert Ihr mich!« entgegnete Schelia; »da führt Ihr freilich ein trauriges Leben.«

»Ja, aber der Vater will es ja so,« sagte sie und sah ihn ganz erstaunt an, als verstände sie ihn nicht; »so muß es doch am besten für mich sein?«

»Freilich wohl,« sagte Schelia verlegen; »aber ich meine nur —«

In diesem Augenblick ließen sich aus der Ferne die Huftritte eines Rosses vernehmen, das geradeswegs auf das Gartentor zugeschritten kam. Das Mädchen blieb einen Augenblick horchend stehen, sah Schelia leichenblaß an und vermochte nichts weiter zu sagen als: »Der Vater!«

Schelia wollte sie beruhigen und sagte: »Laßt doch, ich will ihm entgegengehen; ich habe ja nichts Böses getan.«

Sie aber rief: »Ihr kennt ihn nicht!« Und indem sie plötzlich mit Heftigkeit seinen Arm ergriff, sagte sie leise stammelnd: »Wißt Ihr denn auch, daß es Euer Tod sein könnte, wenn er Euch hier bei mir träfe?«

Schelia erschrak, denn diese Worte waren im Ernst gesprochen, das hörte man ihnen an.

»Kommt,« sagte das Mädchen plötzlich entschlossen, »es kann nun nicht anders sein; « zugleich drehte sie um und ging geradeswegs auf das Haus mit ihm zu, indem sie immer noch seinen Arm festhielt, was sie in ihrer Erregung gar nicht bemerkte. Sie führte ihn, der beinahe willenlos folgte, darauf durch die altertümlichen Zimmer des Schlosses, mehrere Treppen hinauf bis in ein Kämmerchen, das durch seine Einrichtung verriet, daß es eines Mädchens Zimmer war.

»Hier,« sagte sie, »müßt Ihr bleiben, Herr; es ist mein eigenes Zimmer, da geht der Vater nicht hinein, sonst durchsucht er das ganze Haus; habt Geduld, so wird sich vielleicht alles gut machen.« Dann schloß sie die Tür und ließ ihn allein.

»Mein Abenteuer,« dachte Schelia, »läßt sich ja gut an: sieh da, allein in eines Mädchens Zimmer!« Dennoch wunderte er sich beinahe über sich selbst, daß er durchaus nicht lachen konnte, sondern im Gegenteil mit einem beinahe ehrfürchtigen Gefühle setzte er sich auf einen der Stühle und besah die Einrichtung, mit der seine seltsame Wirtin ihr kleines Gemach ausgestattet hatte.

Unterdessen war der alte Herr von Sparr in den Garten getreten, und da er nicht, wie gewöhnlich, seine Tochter im Garten fand, ging er schnurstracks auf das Haus zu. Als er den Saal im Erdgeschosse betrat, kam ihm die Tochter, die eben den jungen Schelia in Sicherheit gebracht, von oben entgegen und grüßte ihn mit dem gewohnten Gruße.

Der Alte sah ihr von unten mit den glühenden, mißtrauischen Augen entgegen, schlug, statt allen Grußes, einmal kurz mit der Hand durch die Luft und sagte: »Nun, Tochter?« Dann begann er, wie er dies jeden Tag tat, die sämtlichen Gemächer des Erdgeschosses auf das sorgfältigste zu untersuchen. Die Tochter sah ihm schweigend zu; zum erstenmal in ihrem Leben erschien ihr das Tun des Vaters unheimlich, zum erstenmal sah sie, wie schrecklich der Blick aus seinen weit hervortretenden Augen war. Es war im August und ein heißer Tag, so daß das Gesicht des Alten in der Anstrengung dunkelrot zu glühen begann; als er daher die Treppe betrat, um nun die oberen Stockwerke in gleicher Weise abzusuchen wie das unterste, hing sich die Tochter an seinen Arm und bat ihn, heute sich die Mühe des Suchens zu ersparen. »Ja doch!« gab der Alte in knurrendem Tone zur Antwort, »daß mir die Hunde, die nach meinem Glück und Leben stehen, das Dach oben anzünden, wenn ich unten faulenze? Fort!« Mit diesen Worten drängte er die Tochter unsanft genug zur Seite und bestieg die ersten Stufen der steinernen Treppe. Kaum aber war er deren etwa fünf gestiegen, als er zu straucheln begann, auf den ausgetretenen Steinen ausglitt und mit schwer dröhnendem Falle bis an den Fuß der Treppe hinabstürzte. Die Tochter stieß einen gellenden Hilferuf aus, ächzend und stöhnend lag der Alte am Boden und versuchte vergebens, sich aufzurichten; plötzlich legte er die Hand aus Bein, streckte sich lang hintenüber auf die Steinplatten des Fußbodens und sprach mit tonloser Stimme in die Luft: »Entzwei« Das Mädchen schob die Hände unter den Oberleib des Vaters und versuchte ihn aufzurichten; er machte nur eine ungeduldige Bewegung mit der Hand und sagte ebenso wie vorher: »Ruf Martin!« Im Fluge war das arme Kind durch den Garten hin und kam mit dem Alten, den wir schon früher kennen lernten, zurück. Der alte

Martin umfaßte, ohne ein Wort zu sagen, ohne daß eine Miene seines Gesichts zuckte, den Leib seines Herrn, hob ihn ein wenig auf und legte ihn ebenso wieder nieder: er war ihm zu schwer, er konnte ihn nicht tragen.

Mit einem Gesichte, bleich wie Schnee, die Hände in stummem Jammer gerungen, stand das Mädchen neben dem Alten, der wieder lang ausgestreckt auf dem Rücken lag und vor sich hin emporstierte, regungslos und wie ein Mensch, der sogleich erkannt hat, daß aus dem Unheil, das ihn betroffen, kein Ausweg mehr ist, und der aller Hoffnung entsagt. Denn die einzige Möglichkeit, den Alten vom Flecke zu bewegen, wäre gewesen, wenn man einen Bauern aus der Gegend herbeigerufen hätte; man hätte aber für alles Gold der Erde keinen vermocht, den Fuß in das Haus zu setzen, da der alte Sparr ringsum im Rufe stand, ein Hexenmeister zu sein, dessen Haus zu betreten mehr als Tollheit gewesen wäre.

Eine totenstille Viertelstunde verging, während welcher der alte Mann dort am Boden wohl Zeit hatte, zu erkennen, daß, wer die Menschen in guten Stunden von sich weist, sie in bösen Stunden, die doch für jeden einmal kommen, auch nicht an sich ziehen kann, und wenn er es mit Haken und Ketten versuchte. Als nun das Mädchen gar keine Hilfe aus dieser schrecklichen Lage sah, kniete sie nieder, während ihre Brust in innerem Kampfe zu wogen begann, näherte ihren Mund dem Ohre des Alten und flüsterte: »Vater!« Der Alte wandte den Kopf zu ihr hin. »Vater,« sagte sie, und sie faltete die Hände vor der Brust, als wollte sie sich durch diese fromme Gebärde gegen mögliche äußerste Gefahr waffnen, »es ist einer da der Euch tragen könnte.« Der Alte wandte langsam den Kopf zu ihr herum und sah sie an; sie. schloß die Augen, aber es war ihr, wie wenn man die geschlossenen Augen auf ein Feuer richtet, das unmittelbar vor uns lodert dessen Glut durch die Augenlider hindurchbrennt.

Als sie die schwere Hand des Vaters fühlte, die sich auf ihre Schulter legte, öffnete sie langsam und bange die Augen, die denen des Vaters nicht mehr begegneten, denn er hatte den Kopf wieder nach oben gewendet, ins Leere starrend, wie vorher, nur daß der erst so steinerne Mund seltsam wie in stummen Worten zuckte. Dann tat er die Lippen auf und sagte mit dumpfer Stimme: »Ruf ihn!« Wie ein Sturmwind flog das Mädchen die Treppe hinauf, bis zu ihrer Kammer, an deren Tür, als sie sie aufriß, Schelia ihr bleich und verstört entgegentrat. Er hatte den dumpfen Schall beim Sturze des Alten, den Hilferuf des

Mädchens, dann die Stille gehört, die nach solchen Unglück verkündenden Geräuschen eintritt und schlimmer ist, als der Schreckensschrei selbst, und dunkle, schreckensvolle Vermutungen zogen durch sein Haupt.

Das Mädchen, ohne zu erschrecken, daß sie dem Fremden so nahe gegenüber stand, sah ihn mit den schönen, großen, von der tiefen Seelenangst doppelt weit geöffneten Augen flehend an, faßte mit ihren beiden Händen die Rechte des Jünglings und sagte mit gepreßter Stimme: »Um Gottes und der Heiligen willen, kommt herunter und helft meinem Vater!«

Es war gewiß nicht der Augenblick, an verliebte Spiele zu denken, auch war Schelias Herz viel zu bieder und wahrhaft warm, jetzt an anderes zu denken, als an des verlassenen Mädchens Not, aber dennoch zuckte es ihm durchs Herz, als er ihre Hände so fest in der seinigen fühlte, eine augenblickliche Röte flammte über sein Gesicht und einen Augenblick ruhten seine Augen auf den Zügen des Mädchens; im nächsten Moment stand er neben ihr auf der Schwelle und sagte fest und entschlossen:

»Führt mich zu Eurem Herrn Vater; so Gott will, helfe ich ihm!«

Als Scheila, von dem Fräulein geführt, die Treppe hinabstieg, wandte der alte Sparr die Augen auf ihn, ein Paar schreckliche Augen. Schelia war ein beherzter, ritterlicher Mann, aber vor der Fülle von Grimm und Haß, die aus diesen Augen wie ein breiter Feuerstrom auf ihn zufloß, erbebte sein Herz, denn er glaubte wirklich nicht anders, als daß es wahr sei, was die Leute munkelten, daß der alte Sparr ein finsterer, verderblicher Zauberer und Hexenmeister sei.

Dennoch verneigte sich Schelia grüßend vor dem alten Manne und sagte bescheiden:

»Laßt mich Euch nachher erklären, edler Herr, wie ich in Euer Haus gekommen, und laßt mich zuerst wissen, wie ich Euch helfen kann.«

Der Alte gab ihm keine Antwort, aber die Tochter trat dicht zu ihm heran und flüsterte ihm zu, was dem Vater geschehen sei und daß man von ihm hoffe, er würde ihn hinauftragen können bis in den ersten Stock, wo das Bett des Vaters stände.

Schelia erwog die Schwere des Körpers, den er tragen sollte, und neigte halb zustimmend, halb bedenklich das Haupt. Da sah er wieder des Mädchens große Augen angstvoll bittend auf sich gerichtet, und plötzlich überkam ihn eine wunderbare Freudigkeit, ein Gefühl, als gälte es eine heilige und unendlich süße Pflicht zu erfüllen, und indem er vorsichtig beide Hände um den Oberleib des alten Sparr legte, der ihn lautlos gewähren ließ, hob er ihn mit jugendlich gewaltigen Kräften empor und trug ihn, vorsichtig von Stufe zu Stufe steigend und jeden Schritt voraus mit den Augen prüfend, die Treppe hinauf bis in den weiten, gewölbten Saal, wo in einem Erker das Lager für den Verletzten bereit stand. Vorsichtig, wie er ihn aufgehoben hatte, legte er den schweren Körper nieder, und als er sich nun zurückbog und sich aufrichtete, sah man es der arbeitenden Brust an, wie gewaltig die Anstrengung gewesen war.

Mit geschlossenen Augen, bleichen Angesichts lag der Herr von Sparr auf seinem Bette, während der alte Martin daran ging, an dem gebrochenen Beine seine Heilkünste zu erproben, denen das Fräulein in stummer Aufmerksamkeit folgte.

Schelia hatte sich in die eine tiefe Fensternische des Erkers zurückgezogen, und während er den großen, öden Saal mit den Blicken überflog und die seltsame Gruppe vor ihm und das schöne, bleiche Mädchen, die Bewohnerin dieser finsteren Behausung, betrachtete, stiegen nie gekannte, dunkle Gefühle in ihm auf und begannen in rätselhaften Schwingungen seine Seele zu durchwogen. Plötzlich, als er aus seinen Gedanken aufsah, stand das Mädchen dicht bei ihm; er sah, wie in ihrem Gesichte ein Entschluß kämpfte, dann streckte sie ihm, ohne ein Wort zu sagen, die Hand hin. Es war nur Dank, was diese Bewegung hervorrief; Schelia fühlte es wohl, aber als er diesmal die schlanke Hand ergriff, drückte er sie an die Lippen. Sein Antlitz färbte sich mit purpurner Glut, und länger als das erstemal ruhten seine Augen in denen des Mädchens, aber mit einem so treuherzigen Blicke, daß das Mädchen nicht erschrak, sondern ebenso lange in die jungen blauen Sterne hineinschaute, die ihr wirklich wie himmlische Tröster und Helfer in der Not erschienen. So hätte es für einen Dritten, der mit lebendigeren Augen, als der alte versteinerte Martin sie besaß, gesehen hätte, wie die beiden standen, Hand in Hand und staunend vor sich selbst, ein schönes, bedeutungsvolles Bild sein müssen, wie am Lager, auf dem ein altes, haßverzehrtes Herz den letzten Augenblicken entgegenschlug, in zwei jungen Herzen sich von neuem die göttliche, Leben und Welt erhaltende Kraft zu regen begann, die in ewigem himmlischem Kampfe mit den finsteren Gewalten des Hasses immer und immer siegreich daraus hervorgeht. Nun hatte der alte Sparr die Augen wieder geöffnet, er regte sich auf seinem Bette und sprach mit halblauter Stimme zu seiner Tochter, die sogleich zu ihm getreten war:

»Wie ist jener Mann hereingekommen?«

Sie mochte ihm wohl nicht schnell genug Antwort gegeben haben, denn mit lauterer Stimme, die ganz den rauhen Klang der gesunden Tage hatte, sagte er:

»Was sucht dieser Mann bei dir, Gertrud?«

Gertrud, daß sie so hieß, hatte nun auch Schelia gehört, erzählte dem Vater darauf halblaut, daß sie das Riechbüchschen verloren hatte und daß Schelia es ihr zurückgebracht habe und so in das Haus gekommen sei. Als sie geendet hatte, hob der Alte die rechte Hand empor und sagte mit feierlich drohendem Tone:

»Tochter! so hast du das teure Kleinod, das ich dir als Erbstück deiner Mutter einst mit höchstem Ernste empfahl, schlecht bewahrt, da du es verlorst! Tochter, ich sage dir, wer ein Kleinod verliert, bei dem sind auch andere, heiligere Kleinodien schlecht bewahrt! Hüte dich, Jungfrau!«

Starr vor Staunen hörte Schelia diese seltsamen Worte des Greises, der nun langsam wieder zu ihm hinüberblickte und ihn zu sich heranwinkte.

Mit einem durchbohrenden, prüfenden Blicke sah er den Jüngling lange Zeit ohne Laut an, dann begann er langsam und feierlich, wie zu seiner Tochter, zu ihm:

»Daß Ihr zu mir gekommen seid in mein Haus, das danke ich Euch nicht, fremder Herr; doch ich will nicht, wenn ich zur Grube fahre, daß man hinter mir herschreie: Seht, er war auch undankbar, wie das ganze Menschenvolk es ist ja, das ganze Menschenvolk!« brüllte er plötzlich, wütend die Faust ballend und schüttelnd. »Denn ich weiß, daß nichts so giftig das Herz zerfrißt, wie der verdammte Andank der Menschen! Darum sage ich Euch Dank, denn Ihr habt meiner Tochter ein wertes Kleinod wiedergebracht, das sie in törichtem Leichtsinn verlor. Auch mir habt Ihr Euch hilfreich erwiesen, darum will ich, daß Ihr von mir erbittet, was ich Euch zum Danke dafür geben könnte.«

»So bitte ich, Herr,« sagte Schelia, »daß Ihr mir vergönnen wollet, wiederzukommen und zu fragen, wie es Euch ergeht.«

Der Alte wandte die Augen von ihm ab, und, als hätte er ihn nicht gehört, sagte er:

»Ich habe ein schönes, altes Schwert, eines Ritters wohl würdig; wollt Ihr das von mir haben?«

»Ich bitte Euch,« antwortete Schelia bescheiden, aber fest, »gestattet mir, wiederzukommen.«

Wieder trat ein augenblickliches Schweigen ein; dann sagte der alte Sparr mit einer Stimme, die grollend aus der tiefsten Brust hervorkam:

»Glaubt Ihr, ich wüßte nicht, warum Ihr wiederkommen wollt? Meinetwegen etwa? O ich kenne Euch alle, alle!« und dann ging sein Sprechen in ein unverständliches Murmeln über, so daß man nur an den zuckenden Lippen, die ein böses, höhnisches Lächeln umspielte, wahrnahm, daß er noch sprach. Aber es mochte ihm wohl in dem Augenblicke das Gedächtnis an jene Minute wiederkehren, da der junge Schelia ihn in seinen Armen die Treppe hinaufgetragen hatte, es mochte wohl das eigentümliche, wohltuende Gefühl sich wieder in ihm regen, das er empfunden hatte, als die starken jungen Arme so sorgsam sich um ihn schlangen, wie es nur die Arme dessen können, der dem Hilfsbedürftigen mehr entgegenbringt, als die allgemeine Menschenliebe; plötzlich rollten seine Augen von dem jungen Manne zu seiner Tochter und von ihr zu jenem zurück, die beide mit niedergeschlagenen Blicken dastanden, und von einem Gefühl getrieben, das seinem Herzen selbst unverständlich scheinen mußte, faßte er des Grafen Schelia Hand, um sie ebenso schnell wieder fahren zu lassen, und sagte kurz:

»Kommt morgen wieder!«

Schelia verbeugte sich stumm und wandte sich, nachdem er ehrerbietig auch das Fräulein gegrüßt, zum Gehen. Die Nacht war mittlerweile eingebrochen, darum sagte der Alte, als er sah, wie Schelia sich in die Dunkelheit hinein entfernen wollte, zu seiner Tochter:

»Leuchte ihm!«

Am obersten Absatze der Treppe, die in den Flur führte, aus welchem man dann unmittelbar in den Garten trat, blieb Gertrud stehen, während Schelia hinunterstieg. Im Flur angelangt, wandte er sich noch einmal zurück, ihr Lebewohl zu sagen; er sah sie an das holzgeschnitzte Treppengeländer angelehnt stehen, in der Rechten, die sie hoch aufgehoben hatte, die Leuchte emporhaltend, daß sie den Flur und jeden Schritt, den er bis in den Garten zu tun hatte, mit ihrem Licht erhellte. Unwillkürlich blieb er einen Augenblick stehen und sah zu dem Mädchen hinauf, welches ihm wie ein Cherub des Himmels erschien, der seinen Pfaden leuchtete; er wollte ihr »gute Nacht« zurufen, aber sein Mund blieb stumm, und er vermochte nichts, als die Hand auf das Herz zu legen und sie mit einer tiefen Neigung des Hauptes in stummer Huldigung zu grüßen; dann trat er in den nachtdunklen Garten, wo Martin ihm das Pferd vorführte. Während er aber durch die Nacht langsam dahinritt, trat immer wieder leuchtend und deutlich das wunderbare Bild vor seine Seele, das er soeben gesehen: er sah die schlanke Gestalt des Mädchens im dunklen Kleide, wie sie das Licht hoch über den lieblichen, sanft herabgeneigten Kopf emporhob, und es war ihm, als blickten die schönen, ernsten Augen kraft eignen warmen Lichts durch die Schatten der Nacht zu ihm herüber.

Es war noch früh am nächsten Morgen, als der Graf Schelia durch den Garten hereinritt, in dem der Tau in dicken blitzenden Tropfen lag und die Vögel in tausend zwitschernden Stimmen den Überschwall von Lebenslust austönten, durch den sie des Menschen Herz zur neuen Lebenslust erwecken. Sobald er sich dem Schlosse näherte, hob er die Augen auf und suchte an allen Fenstern, und fand endlich, daß jemand dort oben seiner wartete.

An einem Fenster des ersten Stocks tauchte ein Gesicht auf, um gleich darauf zu verschwinden, es war Gertrud von Sparr. Nur eine Sekunde lang hatte Schelia sie gesehen, kaum mit ganzem Gesichte hatte sie über die Fensterbrüstung hinübergeblickt, und dennoch reichte dieses Teilchen eines Augenblicks hin, um des jungen Schelia Brust in ein Meer von hoffnungsstrahlender Glückseligkeit zu verwandeln.

Als Schelia in den Saal trat, sah er den Alten auf dem Bette liegen, starr wie am Tage zuvor, doch waren die Züge des Gesichts tiefer eingefallen und ebenso die Augen. Gertrud machte sich am Bette des Vaters zu schaffen, ihre Wangen waren mit glühender Röte übergössen. Mit tiefem Gruße verneigte sich Schelia vor dem Kranken, dessen Augen auf ihm ruhten, als wundere er sich, daß ihm, dem finstern Menschenhasses in letzter Stunde ein Mensch nahe getreten war, den er nicht hassen konnte; denn unvermerkt hatte Schelias treuherziges Wesen sein Herz, oder das, was von seinem Herzen noch übrig geblieben war, angezogen mit der wunderbaren Gewalt, die ein guter Mensch auf den anderen Menschen übt. Nachdem Schelia den Alten gegrüßt hatte, verneigte er sich vor der Tochter, die seinen Gruß erwiderte, ohne die Augen zu ihm zu erheben. Wieder flogen einen Augenblick die Augen des alten Sparr von einem der jungen Leute zum andern und verrieten, als sie zurückkehrten, daß sie wußten, was da vor sich ging.

Mit einer hastigen Handbewegung wies der Herr von Sparr dem Gast einen Stuhl neben seinem Bett an, sich darauf zu setzen, dann winkte er seiner Tochter, daß sie hinter ihn trat und ihm den Kopf höher legte durch ein Kissen, das sie darunter schob; dann lag er wieder ein Weilchen stumm da, während die rechte Hand, indem sie sich ballte und öffnete und auf und ab bewegte, verkündete, daß er mit sich rang, ob er von Dingen reden sollte, von denen er lange nicht, vielleicht nie gesprochen, und von denen zu reden es doch jeden Menschen einmal, namentlich in solcher Stunde drängt.

»Hört,« sagte er endlich, »Ihr seid vom Hofe des neuen Kurfürsten; ich weiß wohl, Ihr habt auch von mir reden gehört, ich weiß wohl, dies und das von dem alten Zauberer und Hexenmeister dem bösen, alten Sparr! Nun sitzt Ihr vor mir und seht mich und betrachtet mich, so wie die jungen Leute die alten ansehen, und meint, so wie ich nun vor Euch liege, alt und verdorrt, aller Welt verhaßt, voll Haß gegen alle Welt, so sei ich immerdar gewesen. Denn der junge Mensch, in dem die Anlage der Geburt allein erst mächtig ist, kann es anders nicht denken, als daß der Alte gerade so aus Gottes Hand und aus der Mutter Schoß gestiegen sei, wie er ihm nun erscheint, denn der junge Mensch weiß nichts von dem, was den andern zum alten gemacht hat, von dem schweren, schweren Leben, das mit tausend grimmen Erfahrungen an dem Menschen formt und ätzt, bis alles anders geworden, als es zu Anfang war. Darum steht Ihr vor dem Alter wie ein Unerfahrener vor dem Werke des Künstlers, der auch meint, so wie es nun fertig dasteht, sei es aus des Meisters Kopf gesprungen, der die Stunden nicht sieht, da es langsam, Zug auf Zug, unter Qualen des Erzeugers heranwuchs. Denn auch der Mensch, müßt Ihr wissen, junger Mann, ist gerade solch ein Kunstwerk, und zwei gewaltige Bildner stehen immerdar mit Hammer und Meißel und schaffen unablässig an seiner Seele: das ist die Zeit und das Schicksal. Die Zeit, seht Ihr Wohl, führt einen stumpfen, schweren Meißel und gräbt unmerklich langsam Linie um Linie in die Seele hinein, so langsam, daß man das Bild erst sieht, wenn es fertig geworden und sich im runzligen Antlitz widerspiegelt. Das Schicksal dagegen führt den gewaltigen Hammer, den hebt es nur zuzeiten, dann aber reißt es seine großen Striche in ebensovielen Wundenmalen in die Seele hinein, und dessen Züge sind bald kenntlich. Nun will ich Euch denn von mir sagen, daß ich beides, den Meißel und den Hammer, wohl an mir erfahren habe, denn ich habe das Leben wohl kennen gelernt, das schlimme Leben, ich habe nicht viel Gutes gesehen in diesem Leben, ich habe nicht viel Gutes erfahren am Menschen! Ich sage Euch, und Ihr sollt mir glauben: die Menschen sind schlecht und böse und elend!« Der Alte rief dies mit dröhnender Stimme, die rechte Hand drohend und feierlich erhoben, die glühenden Augen ins Leere gerichtet, als sähe er auf viele dunkle, schreckliche Dinge zurück, die er vorzeiten mit leiblichen Augen geschaut hatte. Schelias junges Herz fühlte sich wie vom Hauch des Todes berührt und sein Blick ging hilfesuchend zu der hinüber, die, gleichen Alters wie er, seinem Herzen entsprechender fühlen mochte, als der furchtbare Greis.

Gertrud hatte das Haupt geneigt und saß, in sich versunken, am Lager des Vaters. »Nur einen Menschen,« fuhr der Alte fort, »habe ich in diesem Leben gesehen, der ein Mann war, wie ihn mein Herz sich wünschte: das war mein teurer seliger gnädiger Herr und Kurfürst Joachim. Doch weil er streng war und gerecht und die Gerechtigkeit höher achtete, als das schnöde Blut der Menschen, so haben sie ihn gehaßt und geflohen, daß er einsam ward, einsam wie sein treuer Diener, der alte Sparr!«

Plötzlich faßte der Alte des Jünglings Hand mit eisernem Griff, seine Augen bohrten sich vernichtend in die seinen und zischend kamen die Worte aus den zusammengebissenen Zähnen hervor:

»Als ich aber sah, wie seine eigene Gattin, die ihm Treue und Gehorsam vor Gottes Antlitz gelobt hatte, untreu wurde, weil das Gift der verfluchten neuen lutherischen Lehre ihre Seele benagt hatte, als ich vernahm, daß sie heimlich zur Nacht ihren Herrn und Gatten verlassen hatte, um die alte Gotteslehre umzutauschen für die neue, als ich's mit Augen sah, wie sein edles Herz zerriß in jener Stunde, um bis zur letzten Stunde nicht wieder zu heilen, da schwur ich mir's mit heiligem Eide, meine Tochter, mein von Gott mir verliehenes Heiligtum, zu wahren vor solch unerhörtem Frevel. Darum schloß ich sie hier ein in dieses einsame Haus, daß sie mir rein bliebe vor der bösen neuen Lehre, die heutigentags wie ein brüllender Löwe in den märkischen Landen umgeht und die Seelen der Menschen verschlingt; mag sie fern sein von den Menschen, hier ist sie nahe bei Gott, denn der wohnt nicht da draußen bei den verderbten Menschen!«

Waren es nur die finsteren Worte des Greises, oder war es noch etwas anderes, was Schelias Inneres so tief erregte, daß sein Antlitz leichenblaß geworden war? Daß er mit einem scheuen, fragenden Blick zu der Geliebten hinüberschaute? Der Alte, erschöpft zurückgesunken, hatte die linke Hand auf das Haupt der Tochter gelegt, die kniend an seinem Lager hingesunken war, und er erschien dem Jünglinge wie Elias, der furchtbare Prophet, da er die Baalspriester mit eigener Hand geschlachtet hatte und dieselbe Hand auf des Knaben Elisa Haupt legte, des einzigen menschlichen Wesens, das seiner Seele nahestand.

In diesem Augenblick trat der alte Martin in das Zimmer, ging mit leisem aber schnellem Schritt bis zum Bett des alten Sparr bei Schelia vorüber, mit einem Ausdruck des Gesichts, als sei nur er und sein Herr in der Stube, bog sich bis zum Ohre des letzteren herab und begann mit häßlicher Geschäftigkeit einen längeren Bericht hineinzuflüstern. Es mußte wohl eine böse Kunde sein, denn des alten Sparr Augen nahmen mehr und mehr einen schrecklichen Ausdruck an. Als Martin geendet hatte, rang der Alte einen Augenblick nach Atem, dann erhob er die Hand wie zu feierlichem Eidschwur und rief:

»Und ob er jetzt auch mein Herr und Kurfürst ist, so strafe ihn Gott und verfluche ihn und vertilge ihn für seine schändliche Absicht! Höre, Tochter, und auch Ihr, Graf Schelia, hört es. was jener treue Mann mir berichtet: daß Kurfürst Joachim, uneingedenk des Schwurs, den er seinem sterbenden Vater abgelegt, die heilige, alte Lehre nicht zu verlassen, nun seinem Eid untreu zu werden gedenkt und gleich der Mutter tun und sich der neuen Lehre zuwenden will!«

Schelia hatte am Hofe Joachims schon vielfach von dessen Absicht, den lutherischen Glauben anzunehmen, gehört, so daß ihn diese Nachricht wenig in Erstaunen versetzte.

Der Alte bemerkte es und sagte:

»Euch scheint das wenig zu erstaunen, junger Mann? War Euch die böse Absicht Eures Herrn bekannt?«

»Ja,« sagte Schelia; »man sprach bei Hofe seit längerem davon.«

»Ha, dieser Hof!« schrie der Alte; doch plötzlich unterbrach er sich, richtete den Oberleib mit ungeheurer Anstrengung starr aufrecht, und indem seine Augen, die rot mit Blut unterliefen, sich fürchterlich stierend auf Schelia richteten, sprach er in rauhem Ton: »Auch Ihr lebt ja an diesem Hof, Graf Schelia! Wie steht es mit Euch? Seid auch Ihr etwa schon ein Lutheraner?«

Wie das Krachen des einschlagenden Blitzes dennoch schrecklich tönt, auch wenn das Ohr durch manche voraufgehende Donnerschläge gewarnt war, so schlug dies Wort in Schelias Ohr und Seele. Aber ohne einen Augenblick zu zaudern und obgleich ihn plötzlich ein Vorgefühl namenlosen Wehs durchzuckte, erhob er sich von dem Sessel, wandte sein bleiches Antlitz festen Blickes auf das glühende des Alten und sprach:

»Ja, Herr von Sparr, ich bin ein Lutheraner.«

Ein heiserer Schrei brach aus dem Munde des Alten hervor, seine Hand ballte sich krampfhaft, er wollte offenbar Verwünschungen gegen Schelia schleudern, aber die geöffneten Lippen gaben keinen anderen Laut mehr von sich, als ein dumpfes Ächzen, dann fiel er schwer auf das Kissen zurück, das Antlitz wie mit Blut übergossen, und während der Körper schon regungslos lag, flog die Rechte von hüben nach drüben durch die Luft, stumm und doch vernehmlich redend ein schreckliches: »Nein, in Ewigkeit nein!«

Endlich sank auch die Hand nieder, der alte Sparr dehnte sich noch einmal und war tot.

Jammernd fiel Gertrud über des Vaters Leib und ihre Tränen flossen in seinen grauen Bart. Schelia stand regungslos, wie eine Bildsäule, ohne Haß gegen den schrecklichen, unglückseligen alten Mann, und sah, wie die Tochter am Totenbette des Vaters verzweifelte.

Nach einer langen Pause, die nur vom Schluchzen des Mädchens erfüllt war, trat er dicht an sie heran; er stand hinter ihr, über sie gebeugt und sagte ganz leise:

»Gertrud!«

So leise der Ton war, vernahm sie ihn doch und wandte das Gesicht zu ihm empor; als sie aber sein Gesicht über sich gebeugt und die Tränen sah, die still und unaufhaltsam ihm aus den Augen rannen, da war alles, was eben Schreckliches zwischen ihm und dem Vater geschehen, da war auch das fürchterliche: »Nein, in Ewigkeit nein!« des Sterbenden vergessen; sie warf sich in seine Arme, die er weit, weit gegen sie auftat, und indem sie ihr Antlitz und sich selbst an der treuen Brust des starken Mannes barg, trank sie in tiefen Zügen den Becher des Trostes, den Gott in solchen Stunden dem Menschen im Herzen des Nebenmenschen bereitet. Fest hielt er sie umschlungen und küßte sie in das von Tränen überströmte Antlitz, und sie küßte ihn wieder und erschauerte an seinem Herzen, das sie vor so kurzer Zeit erst gefunden hatte, und das nun das Letzte und Einzige war, was sie auf der Erde noch besaß, und sicherlich ward nie ein heiligerer erster Kuß zwischen Liebenden gewechselt, als dieser es war.

Schelia blieb in den nächstfolgenden Tagen im Sparrschen Hause und half der Verwaisten bei der Bestattung ihres Vaters und all den anderen traurigen Verrichtungen, die den Verlust geliebter Menschen doppelt schmerzlich machen, weil sie das große Leid mit dem Ekel der Nüchternheit vermengen. Sie hatte niemanden, als ihn, der ihr hätte helfen können, und darum blieb er und wohnte Tag und Nacht unter demselben Dach mit ihr, unbekümmert um die giftigen Blicke, mit denen der alte Martin an ihm vorüberging, seiner selbst sicher und gewiß durch seine tiefe, innige und darum reine Liebe zu dem Mädchen.

Die ganze Welt lag für ihn innerhalb der vier Mauern des einsamen Hauses, und eine selige Vergessenheit kam über ihn; seine Seele, durchwogt von einer Fülle nie geahnter Gefühle und Hoffnungen, glich einem tief erregten, in wundervollen Wellen- und Schaumgebilden sich entfaltenden Meere, über das nur ganz zu Zeiten aus einer fernen Wolke ein unheimliches Wetterleuchten fährt, denn nicht anders und nicht öfter traten die letzten Augenblicke mit dem alten Sparr vor seine Seele.

Eines Morgens aber raffte er sich auf und machte sich nach Berlin auf, um sich wieder an dem lange vernachlässigten Hofe des Kurfürsten zu zeigen. Schon am nächsten Tage kehrte er zurück; Gertrud empfing ihn auf der Treppe, er kam ihr mit ernstem Antlitz entgegen und mit dem Aussehen eines Menschen, der zu ernstem Vorhaben gefaßt ist.

»Fräulein,« sprach er, indem er ihre Hand mit sanftem Drucke faßte, »ich kehre von kurzer Trennung zurück, um Euch zu sagen, daß wir auf längere, vielleicht lange Zeit voneinander gehen müssen.«

Gertrud sah ihm erschreckt in das blasse Gesicht und er fuhr fort:

»Es ist Botschaft vom Kaiser gekommen, daß die Türken wieder eingebrochen sind in Ungarn und daß ein Reichsheer gegen sie zu Felde ziehen soll. Zum Führer dieses Heeres aber ist Kurfürst Joachim von Brandenburg erwählt und Ihr wißt,« fuhr er leiser fort, »daß ich in Kurfürst Joachims Gefolge bin.«

»Bis Ungarn?« stammelte Gertrud mit bleichen Lippen, »o weh, wie weit ist das!«

»Ja, Fräulein,« sagte Schelia, »es ist weit von hier, Ihr habt recht; aber wollten wir darum verzagen? Wisset Ihr nicht, daß auf die Mark allhier und auf Ungarn, auf Euch und mich das Auge unseres Gottes herabsieht, der über uns wacht?«

Er hatte das Mädchen bei diesen Worten fester an sich gezogen; jetzt löste sie sich langsam aus seiner Umarmung und indem sie das Haar aus der schneeweiß erblichenen Stirn zurückstrich, sagte sie mit verlorener Stimme:

»U n s e r Gott, Graf Schelia?«

Schelia verstand ihre Worte nur halb, dennoch überlief ein eisiger Schauer seine Brust, denn es war ihm, als trete ein Gespenst zwischen ihn und das geliebte Mädchen. »Fräulein,« sagte er, indem er rasch ihre Hand von neuem ergriff, die aus der seinen geglitten war, »wenn zwei Menschen so voneinander scheiden müssen, wie wir es nun tun, dann ist es gut und recht, wenn sie zum Bande, das die Herzen zueinander schlingt, noch ein zweites erwählen, welches auch die Hände ineinander bindet.«

Gertrud schwieg.

»Fräulein Gertrud von Sparr,« sagte Schelia mit heißer, zitternder Stimme, »versteht Ihr meine Worte nicht?« Sie hatte ihn aber wohl verstanden und wollte ihm Antwort geben, doch ihre Lippen bewegten sich ohne Laut. Schelia aber, der auf diese Lippen mit dem Blicke eines Tauben hinstarrte, welcher mit den Augen hören muß, verstand die tonlose Sprache derselben und hörte ihre Worte: »Ihr seid ja ein Lutheraner.« Dann wankte sie zu einem Sessel und setzte sich so, daß sie gerade zu der Stelle hinübersah, wo einst das Bett des Vaters gestanden hatte; da blieben ihre Augen starr und tot hangen, als erschiene ihr von neuem die Hand des Alten, wie sie durch die Luft fahrend das schreckliche: »Nein, in Ewigkeit nein!« sprach. Schelia aber, den eine seltsame, beinahe kühle Ruhe überkam, wie es in äußerster Gefahr dem Menschen geschehen soll, trat zu ihr, und indem er aufrecht vor ihr stand, sagte er:

»Gertrud, kein Gebot Eurer Kirche wehrt Euch, mein Weib zu werden.«

Sie sah noch immer starr vor sich hin, wie ein Steinbild.

»Gertrud,« fuhr er immer ruhig bleibend fort, »das Zeichen Eures sterbenden Vaters kann keines von uns mit Sicherheit deuten, mit keinem Worte seines Mundes verbot er Euch, meine Gattin zu werden.«

Sie schwieg, als hörte sie ihn nicht.

Da war es, als versänke er, so hastig kniete er vor ihr nieder; und indem er seine Hände vor ihr faltete und mit einem verzweifelnden Blick in ihr Antlitz emporsah, sagte er mit tiefer, bebender Stimme:

»Gertrud! Willst du mich so ins Ungarland gegen den Türken ziehen lassen?«

Als sie ihm so in das Gesicht sah und seine Worte hörte war es, als käme sie aus einem tiefen, bösen Traume zu sich, und es erging ihr wie damals, als sie, in dieses selbe Antlitz schauend, die feindlichen Mächte vergaß, die zwischen sie treten wollten. Leidenschaftlich warf sie ihre Arme um seinen Hals, ihr Haupt fiel auf seine Schulter und gellend schrie sie: »Nein, bleib, Schelia! Bleib, bleib!«

Wie der Schrei einer Gefolterten klang es durch den öden Saal, und er kam ja auch aus einer gefolterten Seele! Dem Jünglinge aber ertönte der Ruf wie eine frohe Botschaft zu neuer Hoffnung; sanft hob er das geliebte Mädchen von dem Stuhle auf und führte sie in ein Nebengemach, wo sie die Stelle voll düsterer Erinnerungen nicht vor Augen hatte.

Da setzten sie sich Arm in Arm nieder; zitternd und unter Tränen lächelnd schmiegte sich das Mädchen an ihn, und es entstand unter Küssen und Lachen und Weinen das wunderbare, flüsternde Gespräch, das die Liebenden miteinander reden, das nur d e r versteht, der es spricht, und nur d e r , dem es gilt, das aber auch kein anderer zu verstehen braucht.

Es war später Abend geworden, und Schelia, der andern Tages schon am Hofe des Kurfürsten sein mußte, wollte die Nacht hindurch reiten. Die Abschiedsstunde war gekommen, Arm in Arm geschlungen gingen die beiden Liebenden bis zur Treppe; dann blieb Gertrud stehen und erhob die Kerze, dem Geliebten leuchtend, als er langsam und schweren Schrittes über Treppe und Flur dahinging. An der Pforte, die in den Garten führte, angelangt, wandte er sich um, sah zurück und hinauf zu ihr und sah sie stehen, wie an jenem ersten Abende, da sie ihm ebenfalls geleuchtet hatte.

An das Geländer gelehnt, hoch den Arm emporgereckt, der die Kerze trug, das liebliche Haupt sanft geneigt, stand sie da, und wieder legte sich unwillkürlich seine Rechte auf das Herz; lautlos sah er empor in ihre großen reinen Augen, die so inbrünstig auf ihn niederblickten, als wollten sie bis in sein Herz dringen, um da auf ewig zu sein.

Aber um den liebevollen Mund des Mädchens war ein Zug gebreitet, verzweiflungsvoll, starr wie der Tod, als laste schon auf ihr ein unnennbares Leid, das von ferne, aber unabweislich auf sie und ihn und alles Glück und Leben und Lieben zwischen ihnen herangeschritten kam. Und, war es der kalte Hauch, den das Verderben weit voraus in die Menschenseelen zu senden pflegt, oder was war es, das plötzlich auch Schelias Herz so mit Klammern der tiefsten Angst zusammendrückte? Das Dunkel der Nacht, fast noch lastender durch den flackernden Schein des Lichtes in ihren Händen, erschien ihm wie das Grabesdunkel, das den Rachen gegen sie aufsperrte, und plötzlich, wie von einem Sturmwinde gefaßt, flog er die Stufen zurück und hinauf zu ihr. Gertrud sah ihn kommen, sie setzte mit fliegender Hast die Leuchte in eine Fensternische, sprang wie ein Reh ihm zwei, drei Stufen entgegen und flog mit einem unbeschreiblichen Aufschrei in seine Arme und an seine Brust. »Gertrud,« sagte er mit heiserer, stammelnder Stimme, »bleibe mir treu! Schwöre mir's, bleibe mir treu!«

»Keinem will ich gehören,« rief sie, und sie erhob ihr Haupt wie ihrer selbst vergessend, »wenn nicht dir!«

Als sie diesen Schwur getan, preßte er sie an sich, in so wilder Liebe, daß sie an seinem Herzen stöhnte; da fühlte er das Riechbüchschen, das ihr vom Gürtel niederhing, und mit schnellen Händen hatte er es losgelöst.

»Sieh dieses teure Zeichen, Gertrud,« rief er, »das mich einstmals zu dir hinführte, gib es mir in dieser Stunde auf den Weg mit, daß es mich zurück zu dir führe, daß du mich wiedererkennest, wenn ich es dir zeige, heimgekehrt von Kampf und Krieg im Ungarland!«

Schnell riß sie das Büchschen noch einmal an den Mund und drückte dreimal die Lippen darauf, dann preßte sie es in seine Hand und sprach, indem das Lächeln einer Sterbenden ihr Gesicht verklärte:

»Nimm es, nimm es, was bätest du wohl umsomst von mir?«

Dann trennten sie sich; Schelia sprang aufs Pferd, und indem er das Büchschen tief im Busen barg, flog er durch die Nacht dahin.

Als Gertrud sich umwandte, in ihr Zimmer zurückzugehen, trat ihr aus dem Dunkel eine Gestalt entgegen: es war der alte Martin. Er nahm ihr die Leuchte aus den Händen, indem er den durchbohrenden Blick nicht von ihr abwandte, dann schritt er ihr voran, ihrem Zimmer zu, aber nicht auf dem nächsten Wege, sondern so, daß er sie durch eine Reihe selten, in letzter Zeit gar nicht mehr betretener Gemächer führte. In dem letzten derselben, einem kleinen eckigen Raume, in welchem eine dumpfe Luft herrschte, blieb er plötzlich dicht vor Gertrud stehen, hob das Licht und leuchtete ihr damit ins Gesicht. Dann trat er an die Wand, zog an einer dort niederhängenden Schnur: ein Vorhang tat sich auseinander und es erschien ein Bild, das Bild von Gertruds Vater. Finster wie im Leben blickte der alte Sparr herab auf die Tochter, die mit geisterhaft geöffneten Augen zu ihm emporstarrte.

Der alte Martin trat dicht zu dem Bilde heran, blutrot fiel sein Licht auf das düstere Gesicht, und indem er sich lang in die Höhe reckte, schrie er mit einer gellenden, durch alle Räume des Hauses hintönenden Stimme:

»Wehe dem, der um irdisches Gut sein Kleinod dahingibt, das man dort drüben einstmals fordern wird! Wo ist dein Kleinod, Jungfrau? Hüte dich, denn die Ewigkeit ist lang!«

Einen Augenblick stand das Mädchen und sah diesen Menschen an, der plötzlich in einen Würgeengel des Jüngsten Gerichts verwandelt erschien; seine Stimme traf sie wie die Posaune des Jüngsten Tages, welche, die Erde und mit ihr die irdischen, sündigen Träume der Erdenkinder zerreißend, die Menschen zu schrecklich klarem Wachen erwecken wird; es war ihr, als hebe der Vater dort oben drohend die Hand, als blicke er suchend auf ihren leeren Gürtel, und hinter den Bildern des Grausens, die wie höllische Scharen vor ihre Seele traten, verblich das Bild dessen, der zu ferne war, um ihr in diesem letzten, schwersten Kampfe beizustehen. Aber so tödlich war der Schmerz, so ringend war der Kampf ihres schwellenden Herzens, daß sie in die Knie fiel und kraftlos immer tiefer sank, bis sie mit aufgelösten Haaren, machtlos, hoffnungslos, zerbrochen am Boden lag und den Teppich mit ihren Tränen badete, die mit einem dumpfen Schluchzen ihrer Brust dahinströmten.

Hinter ihr stand Martin und sah über sie hinweg auf das Bild und seine Lippen bewegten sich hastig, stumm und schauerlich, als führte er ein Gespräch mit seinem toten Herrn.

Der Krieg in Ungarn gegen die andringenden Türken nahm ein rasches und klägliches Ende; denn das deutsche Reichsheer, von den protestantischen, kaiserfeindlichen Ständen höchst dürftig beschickt, zerbrach in des Reichsfeldherrn Hand wie eine Waffe, die aus zu vielen Gliedern und Gelenken besteht und darum keine Kraft zum einheitlichen Hiebe oder Stoße besitzt. Nach allen Himmelsrichtungen strömten die Söldnerscharen von Ungarn aus nach Deutschland zurück.

Das letzte gelbe Laub rauschte schon knisternd durch die Wälder, immer hagerer wurden die Bäume, immer früher sank die Nacht herab, als wollte die Natur das Leidwesen der herannahenden Winteröde nicht mit ansehen, und der ganze Trübsinn des Spätherbstes lag belastend auf Land und Flur. Da erschien an einem Nachmittage, als es schon dunkelte, am Gartentore des Sparrschen Hauses ein Reiter, der den Hut tief ins Gesicht gedrückt, den Mantel fest um sich gewickelt hatte und durch lautes Klopfen die Aufmerksamkeit der Hausbewohner erweckte. Eine munter und freundlich aussehende Frau öffnete das Tor und fragte nach dem Begehr des Reiters, dessen Gesicht sie im Zwielichte nicht mehr erkennen konnte. Aber statt zu antworten, fragte er seinerseits: »Seid Ihr bei dem Fräulein von Sparr im Dienst?«

Die Frau sah überrascht auf und erwiderte: »Nein, wie sollte ich dazu kommen?«

Der Reiter war einen Augenblick stumm, dann sagte er: »Wohnt denn Fräulein von Sparr nicht mehr hier?«

»Bewahre,« versetzte die Frau, »die ist ja fort.« Es fiel der Frau auf, daß der fremde Reiter vor jeder Frage eine sehr lange Pause machte und daß ihm die Worte schwer aus dem Munde zu kommen schienen. So dauerte es jetzt wieder lange, bis er fragte:

»Wo ist sie denn hin? Wißt Ihr das?« Während er dies sprach, saß er regungslos, nur das Pferd schnaubte, zusammengedrängt von dem furchtbaren Schenkeldrucke des Mannes.

»Sie ist ja da hinüber,« sagte die Frau und zeigte mit der Hand nach einer bestimmten Himmelsrichtung.

»Da drüben?« fragte der Reiter langsamer denn je; »liegt da nicht Zehdenick?«

»Freilich,« antwortete die Frau, »und da ist sie ja auch.«

In Zehdenick aber war ein großes, weitbekanntes Nonnenkloster. Als die Frau dieses gesagt hatte, wandte der Reiter stumm sein Pferd und ritt fort, ohne ein Wort zu äußern, ohne Dank, ohne Abschied. Die Frau sah ihm nach. Zuerst ritt er langsam und im Schritte, wie jemand, der nicht weiß, wohin er reiten soll; dann hielt er sein Pferd mit einem plötzlichen Rucke an, drehte es herum und sauste in wahnsinniger Hast in der Richtung auf Kloster Zehdenick dahin.

In jener Nacht hatte die Pförtnerin des Klosters zu Zehdenick eine seltsame Erscheinung: aus halbem Schlafe wurde sie durch den Hufschlag eines ansprengenden Pferdes geweckt; sie sah zum vergitterten Fenster hinaus und gewahrte im salben Lichte des Mondes die dunkle Gestalt eines Reiters, der den Hut tief ins Gesicht gedrückt und den Mantel fest um sich gewickelt hatte.

Die Pförtnerin sah den Reiter regungs- und bewegungslos vor dem Tore halten; dann gewahrte sie, wie derselbe sein Roß nach links herumwarf und davonritt, und zwar im wildesten Rosseslauf; bald darauf kamen von der andern Seite die Hufschläge zurück, der

Reiter war wieder da: er war offenbar um das Kloster herumgesprengt. Und so war es wirklich gewesen. Und noch einmal wiederholte der Reiter sein rätselhaftes Beginnen und kehrte zurück, und noch ein drittes Mal ritt er um das Kloster, und jedesmal schneller, rasender als das vorige Mal, in verzweifelter, keuchender Eile. Als die Pförtnerin ihn zum drittenmal zurückkommen und stehenbleiben sah, schlug sie ein großes Kreuz über sich und freute sich des Gitters vor ihrem Fenster, denn sie war nun ihrer Sache gewiß: der dunkle Mann da draußen war ein böser Geist, vielleicht gar der Böse selbst, der dem heiligen Orte Schaden zufügen wollte und seine rätselhaften Zauberkreise um denselben zog.

Aber die Pförtnerin irrte sich: denn der da stand, war kein böser Geist, sondern ein Mensch, war der Graf Schelia, heimgekehrt von Ungarn und von den Türken, um vor d i e zu treten, auf deren Wort er baute, vor die er hintreten wollte mit dem Zeichen, an dem sie ihn erkennen sollte, und die er nicht mehr fand, weil sie, ein unglückseliges Kind, geglaubt hatte, Gott hinter den kalten Mauern eines Klosters suchen zu müssen und nicht geahnt hatte, daß sie ihm eben dicht vorübergegangen war, an der Stätte, wo er immer und ewig und ganz allein wohnt: in einem liebeerfüllten, liebebeseligten menschlichen Herzen.

So stand Schelia vor der Klosterpforte, einsam in der öden Nacht, und wie das Leben im letzten Augenblick krampfhaft aufzuckt, so durchflog ihn noch einmal eine wahnsinnige Hoffnung, als müsse sie es ahnen, daß er gekommen sei und draußen harre, und darum gab er seinem Pferde die Sporen und jagte um das Kloster, als glaubte er wirklich, sie irgendwo dort oben zu erblicken.

Er sah aber nichts; kein Leben regte sich in dem öden Grabe der Lebendigen, in dem sein Alles und nun sein eigenes Leben eingesargt lag.

Als er das drittemal um die Mauern geritten war, stand er noch lange regungslos wie eine Bildsäule in der öden, einsamen Nacht. Lautlos flossen einzelne Tränen aus seinen Augen, schreckliche Tränen, die schwer auf seine Brust tropften; in der Rechten aber hielt er das Riechbüchschen, und wie seine Hand sich krampfhaft darum ballte, drückten sich die Fingernägel in das Metall, so tief, daß die Spuren blieben: das sind jene unerklärlichen Zeichen, die man noch heute an dem Büchschen wahrnimmt. Alsdann drehte er sein Roß zur Rückkehr herum; als er sich aber nun auf ewig von dem Flecke abwandte, wo sie noch lebte und war, da breitete er die Arme aus, fiel auf den Hals seines Pferdes, den er umschlang, und drückte sein Haupt daran, als suchte er nur etwas, um sein Herz zu füllen, und wäre es nur die Liebe seines treuen Tieres gewesen, denn in seine Seele zog jenes gräßliche Gefühl der Öde, dessen Spur nicht wieder schwindet, wenn es dagewesen, sondern wie ein grauer Fleck in der Seele bleibt, wo keine Farbe mehr haften will, jenes Gefühl, das die junge Seele alt macht und von den Menschengesichtern das Lächeln der Jugend abwischt, wie eine rauhe Hand den Staub vom Schmetterlingsflügel. Er ritt dahin, er wußte nicht, ob langsam, ob schnell, und er kam durch einen Wald, der ihm bekannt erschien; durch Moos und raschelnde Blätter floß ein Quell dahin, in den ein großer Baum seine Wurzeln tauchte.

Da wußte er, wo er war: an der Stelle, wo er einstmals das Riechbüchschen gefunden hatte, und es war ihm, als hörte er die warnenden Worte des Freundes und die drohenden des Alten: »Daß Ihr es nicht einmal bereuen mögt«; auch sich selbst sah er wieder und hörte sich, wie er keck und prahlerisch das Abenteuer herausforderte, und zwischen jenem Tage und diesem Abende schienen ihm zehn Jahre zu liegen.

Als er aber an der Stelle war, wo er damals im Moose geruht hatte, hob er die Hand, die noch immer das Büchschen hielt, öffnete sie und warf das Riechbüchschen weit von sich, daß es mit einem leisen, metallischen Klange, beinah als rief es ihm ein letztes, wehevolles Lebewohl zu, auf die Kiesel schlug und im Gesträuch liegen blieb. Dann drückte er seinem Pferde die Sporen tief in die Weichen und flog klirrend durch die Finsternis dahin; als er aber aus dem Walde in das Freie kam und den weiten Sternenhimmel über sich sah, legte er die geballte Faust aufs Herz, hob die Hand dann feierlich empor und tat im Angesichte des Himmels einen stummen, furchtbaren Schwur, um also Eid gegen Eid einzusetzen.

Wenige Jahre später zog der Schmalkaldische Bund der Protestanten zu Felde gegen Kaiser Karl, den Katholiken. Kurfürst Joachim war nicht auf ihrer Seite; da erbat Graf Schelia seinen Abschied von ihm, um mit den Schmalkaldenern ziehen zu dürfen. Als der Kurfürst ihn fragte, was ihn so gewaltig treibe, erwiderte er, indem sein Auge unheimlich aufblitzte: daß ein heiliger Eid ihn zwinge, gegen die Katholiken zu kämpfen.

Darauf entließ ihn der Kurfürst von Brandenburg und er trat in Dienst des Kurfürsten Johann Friedrich von Sachsen. Da fand er denn bald die Stunde und den Ort, wo er den geschworenen Eid redlich erfüllen konnte und wacker erfüllte: Bei Mühlberg, auf der Lochauer Heide, da ist der Graf Schelia gefallen und liegt er begraben, erschlagen von spanischen Reitern, gegen die er die Furt durch die Elbe wie ein grimmiger Bär verteidigt hatte; zwölf Spanier, von seiner Hand gefällt, trieben den Strom hinunter und färbten seine Wellen mit ihrem Blute.

Mehr als dreihundert Jahre später aber fanden an jener Stelle des Waldes, wo Schelias Hand es hingeschleudert, Arbeitsleute das Riechbüchschen zwischen Moos und Steinen verborgen auf, und brachten es aus seiner Verlorenheit und Vergessenheit in die große neue Welt, die das Stück der alten Zeit mit staunenden Augen ansah und nicht mehr verstand.

Wer aber nun gehört hat, welche Bewandtnis es mit dem Riechbüchschen gehabt hat, der wolle daraus lernen, daß man die Dinge der alten Zeit lieben und ehren soll, weil niemand wissen kann, ob sie nicht einstmals unseren Vorfahren durch Lust und Leid an das Herz gewachsen waren, und weil ein jeder bedenken soll, daß auch nach uns eine Zeit kommt, die ebenso mit unseren teuren Gegenständen verfahren wird, wie wir mit denen unserer Altvorderen.